ESMERALDAS

José Sixto Álvarez

Copyright del texto © 2023 Culturea ediciones
Sitio web : http://culturea.fr
Impresión: BOD - Books on Demand (Norderstedt, Alemania)
Correo electrónico : infos@culturea.fr
ISBN :9791041809394
Depósito legal : abril 2023

LOS AZAHARES DE JUANITA

Mirar los blancos azahares con que se coronan las novias en tren de matrimonio, y sentir una carcajada cosquillearme en la garganta, es todo uno.

Y esto me sucede, no porque sea un cotorrón canalla y descreido, sino porque me acuerdo de Juanita la hija de nuestra vecina doña Antonia, que se casó con mi tío Juan Alberto.

¡Qué impresión sentí cuando la ví coronada de blancas flores de naranjo, emblema de la pureza, a aquella pícara y graciosa muchacha con quien había trincado tanto en el jardín de mi casa!
Vino a mi mente, con toda claridad, la tarde aquella en que por vez primera nos dimos un beso, que fué el incubador de los millones en gérmen que Juanita escondía en las extremidades de su boquita rosada.

Según costumbre, Juanita y yo —dos muchachos de 13 años— habíamos ido al jardín en busca de violetas, durante una templada tarde de Agosto.

Allí, sentados a la sombra de los grandes árboles, escudriñábamos entre las hojas verdes, buscando las pequeñas flores fragantes.

Examinábamos la misma mata y de repente nuestras manos se encontraron sobre el tallo de una gran violeta nacida al reparo de una piedra, que yo me apresuré a cortar.

—¡Qué linda... —dijo ella,— dámela!

—¡No!... es para mi ramo!

—¡Dámela, me repitió, pero esta vez con un tono tal, que me obligó a mirarla a la cara... ¡no seas malo!

Y sus ojos negros fijándose en los míos me hicieron experimentar algo de que aún no me doy cuenta.

—¿No me la dás?... —volvió a preguntarme.

Y como yo al mirarla me sonriera, se rió ella, mostrándome sus pequeños dientes blancos, mientras exclamaba con un tono de reproche... ¡Malo!

—Y si te la doy, ¿qué me dás a mí? —le pregunté mirándola fijamente. — Dámela volvió a decirme, queriendo arrebatarme la codiciada flor y sin responder a mi pregunta.

— Bueno... ¿qué me dás?

— ¡Si no tengo nada que darte!

Y se puso encendida

— ¡Dame un beso!... ¿Quiéres?

— ¡Gran cosa!... ¿Y me dás la violeta esa?

— ¡Sí...! ¡no!... ¡Dame dos besos y te la doy!

— No... no quiero... ¡nos van a ver!

— ¡No nos ven... nos vamos allá... a la glorieta! Y me acuerdo que sin saber como, me encontré teniendo una de sus manecitas lindas, entre las mías.

— No... no...

— ¡Vamos... te la doy!

Y al decirle esto la tomé por la cintura para hacerla levantarse.

Se puso de pié y como yo le hubiera hecho cosquillas, se reía.

Riéndose me siguió.

Nos sentamos en un banco perdido entre el follaje, uno al lado del otro. — Bueno... dame la violeta primero, —me dijo.

— ¡Qué esperanza!... Primero los besos...

— No, no..., me vas a hacer trampa.

— Bueno... ¡los dos a un tiempo entonces!

— ¡Oh! ¿Y cómo?

— Vos tomas la violeta del tronquito y cuando me dés los besos, la largo.

Así lo hicimos, pero yo recibí los besos y no largué el tronquito.

— ¡Tramposo!

Y se dejó caer a mi lado haciéndose la que lloraba.

— Si me los has dado. ¡Yo fuí el que te los dí...!

— ¡Pues no!... Es lo mismo después de todo...!

Y yo pasé mi brazo al rededor de su talle aún no bien formado, yendo a poner mi mano sobre su corazoncito que sentí latía tan ligero como el mío, sintiendo a la vez otra cosa que me deleitó tocar.

— Bah!... mano larga!... — me dijo y riéndose porque le hacía cosquillas... —déjame!

Como yo continuara se echó para atrás descubriendo su cuello terso y se rió con toda franqueza, entrecerrando sus ojos negros.

Yo me levanté sin retirar mi mano de sobre su corazoncito que seguía latiendo apresurado y estirándome hasta alcanzar su boca entreabierta traté de juntar con los míos sus labios rojos y húmedos.

Sentí que me pasaba la mano por el cuello y reteniendo su cabeza junto a la mía, me besaba sin contar cuantas veces lo hacía.

No se lo que pasó por nosotros, sólo recuerdo que cuando adquirimos conciencia de nuestra situación, nos hallábamos fuera del banco, envueltos entre las madreselvas de la glorieta, que nos embriagaban con la fragancia de las flores.

Y olvidamos la gran violeta crecida al reparo de la piedra, pero no la escena de la glorieta.

Todas las tardes íbamos a ella con pretexto de hacer nuestros ramos y la abandonábamos tras largo rato, llevando las flores tal como las habíamos traído.

Después, hombre yo y mujer ella, muchas veces nos hallamos en la glorieta querida con el mismo pretexto que cuando niños!

El destino nos separó y volví a verla recién la noche de su casamiento con mi tío Juan Alberto, coronada de blancos azahares.

Al verlos, recordé la glorieta verde del jardín de mi casa y por eso me impresioné tanto; por eso exclamé lo que siempre repito cuando veo una novia con su corona blanca.

— ¡Ah... los azahares!... representan la pureza.

Tres meses hacía que Rosita, una íntima de mi mujer, y yo, sosteníamos unas relaciones algo más que amistosas, a escondidas ella de su consorte y yo de la mía.

Una tarde fuí a su casa, y como hiciera frío, encontréla extendida en un sillón, calentando en la estufa sus piecitos mononos y coquetamente calzados.

Al verme entrar exclamó:

— ¡Qué milagro!... ¡Tres días que no pisas por acá!

— ¡He estado sumamente ocupado!

— (Arreglando su vestido y bajando la vista) ¿Si?... Pues me habían dicho que estabas entregado a la conquista de Josefina R... la mujer de...

— ¡Son habladurías!

— (Con tono seco) ¿Habladurías?... Pues yo te he visto en el teatro la otra noche, mirándola con la boca abierta! — ¡Bah!... ¿tenemos celos; mi negrita?

— ¿Celos?... Las mujeres como yo (arreglándose el pleguillo) no conocen eso... {Haciendo un gestito). Cuando nos ofenden tomamos nuestras medidas en medio de una sonrisa y.. nos vengamos alegremente... ¡cómo se nos engaña!

Y al decirme esto me miró de un modo tal y me hizo un pucherito tan salado con su pequeña boquita rosada, que no pude menos que acercar mi silla a su sillón y tomarle una mano, una de sus manos blancas y gorditas.

— ¿Pero mi Rosita... cómo puedes imaginarte que yo voy a jugar tu cariño contra el capricho de un instante? ¿Como crees que puedo desterrarme voluntariamente del paraíso en que vivo?

— ¡Palabras y nada más que palabras!... No me pruebas que no quieras tener dos paraisos, o mejor dicho mudarte a otro!

— ¡Pero no seas mala! (pasando mi brazo al rededor de su talle y atrayéndola hacia mi) ¿A ver?... mírame!... ¿a que no me repites esas palabras crueles?... Te apuesto un beso...! — ¡No... no... déjame... Eres un falso! Pero déjate estar: yo te he de hacer corregir con tu misma mujer!

— (Riéndome) —Bueno... haga lo que quiera mi negrita!... ¿Dame un besito ¿quieres?... uno sólo?

— ¡Oh... bah! ¿te has enloquecido?

— ¡Dame un besito! ¿Sí?

— ¡No!

— ¿Sí? (y diciendo esto me incliné hacia ella, haciendo resonar la estancia con un sonoro y prolongado beso). Qué lindos nardos esos que tienes en el pecho!... Dámelos!...

— ¡Pues no!... ¿Lo quieres mi hijito para regalárselos a tu Josefina R... no es verdad?

— ¡No seas mala! (besándola en los lábios repetidas veces)... ¡No seas mala!

— (Riéndose). —¡Eres un gran pillo... un zalamero!

— ¡Bueno!... ¿Me das los nardos?

— (Haciendo un movimiento para sacarlos). ¡Si no te puedo negar nada!

— (Apresurado). ¡No, no, espera!... ¡Yo los voy a sacar con mi boca! E inclinándome sobre su pecho y mirando su cuello alabastrino y terso como un raso, saqué de su seno el ramo de nardos blancos y fragantes que se expandía al calor de los encantos de Rosita.

Llegué a mi casa llevando en las manos aquella prueba de condescendencia con la íntima de mi mujer y fuí a sentarme al lado de ésta en el diván del comedor.

— ¡Qué bella está mi mujercita esta tarde!

— ¡Y mi esposo qué galante y que florido!

— Sí... son unos nardos...

— ¡Muy bonitos!...

— Que compré al salir de la oficina.

— ¿A verlos? (Y tomando el ramo lo examinó con todo cuidado)... ¿Lo compraste no?

— ¿Te gusta?

— ¡No... te pregunto si lo compraste!

— ¡Pero te he dicho que sí!... Lo compré al salir de la oficina con el objeto de obsequiarte!

— ¡Mientes!... Infame... Desleal!

(Y mi mujercita se me echó a llorar desesperada).

— Pero ¿qué tienes?

— ¡Ah! ¡Bien me lo sospechaba yo! Esa loca de Rosita...

— Pero ¿qué tienes?

— ¡Calla, infame! ¿Con que has comprado esos nardos no? (Sollozando). ¡Estos nardos que yo misma le puse en el pecho a Rosita, hoy cuando vino!... Yo voy a ver á mamá... ¡Dios mío!... ¡quién había de decirme que a los seis meses de casada!...

— ¡Por Dios!... mi mujercita... escucha! ¡Todos los nardos son iguales!

— Estos yo misma los até con este hilo verde y los puse en el pecho de esa loca... Ah!... Yo voy a ver a mí madre.

Me costó trabajo colosal disuadir a mi mujercita de la idea de contarle a mi suegra el suceso fatal y doble más probable que en adelante sería la imagen de la fidelidad conyugal y un acérrimo enemigo de su íntima, como ella lo sería.

En cuanto a Rosita, cada vez que la encuentro me mira con sus ojos negros y picarezcos y se sonríe de tal manera, que yo leo de corrido su intención de decirme!

— ¿Quieres los nardos mi hijito, quieres los nardos?

LAS FLORES DE SAÚCO

No me ruborizo al confesar que mi amor primero, lo engendró una mujer que por sus años podía ser mi madre que salí de él tan mal parado, que recién hoy, tras largos años, me atrevo a recordarlo.

Doce años tenía yo cuando fué a pasar con nosotros una temporada a nuestra quinta, aquella preciosa amiga de mi madre que se llamaba Adela y era viuda reciente de un gallardo coronel.

Su fisonomía ha quedado fijada en mi memoria y el tiempo ha sido impotente para borrarla.

Aún me parece ver su cara morena coronada por el cabello crespo y negro; su boca roja, de labios carnudos, que dejaban ver unos dientes blancos y chiquitos que daban a su rostro una expresión infantil; sus ojos pardos, velados por largas pestañas y que brillaban de un modo tan particular; los hoyuelos de sus mejillas cuando reía; su naricita ñata y de expresión zafada y luego aquel lunar pequeño que tenía entre la comisura, izquierda de su labio inferior y la barba.

Ese lunar fué el que me enloqueció; él y sólo él fué el autor de mi aventura desgraciada.

La tarde que llegó a la quinta llamóme mi madre y enseñándome a ella le dijo, mientras yo colorado hasta las orejas no me atrevía a mirarla y disimulaba mi bochorno manteniéndome tieso como una estaca.

— ¡Ese es Francisco... el mayor!

— Un bonito muchacho... ¡Vén, dáme un beso!

Me aproximé a ella y confuso le retribuí el que me diera y al recibirlo en los lábios, sentí que me dejaba un gusto tan encantador como grande fué el aumento de mi turbación.
Aquella frase «un bonito muchacho» me cantaba en el oído con tanta dulzura cuanto que estaba habituado a ser objeto de pullas por mi deliciosa fealdad.

Repuesto de mi primera impresión, miréla a la cara y desde ese momento cesó el revoloteo de mi pensamiento de niño, fijándose en una aspiración a algo que horas más tarde mi precocidad me hizo adivinar lo que era.

Aquel bonito lunar de la barba me atraía, me hacía estirar imaginativamente hasta él los labios y besarlo frenéticamente.

En todo el resto del día sentí en mi boca el buen gusto dejado por el beso de la viuda reciente del gallardo Coronel, y en todas partes veía un detalle de su cara graciosa.

Ocupó el cuarto vecino al mío y a través de la puerta medianera que se hallaba clavada, yo sentí en la noche como dormía; oí la respiración, el ruido de su cama que crujía bajo su peso cada vez que se movía y, más de una vez, mi imaginación, me hizo creer que sentía entre mis labios aquel lunar enloquecedor, mientras mis manos correteaban sobre carnes duras como el mármol y suaves como la seda.

¡Qué noche mártir la que pasé!

La imaginación no fué dominada ni un minuto. En esos momentos de fiebre, forjé el plan de agujerear la puerta para ver a la que me robaba mis pensamientos, hasta el momento en que apagara la luz.

Al otro día realicé mi idea de la noche y nunca esperé con tanta impaciencia la hora de dormir como entonces!

Llegada ésta, me instalé al lado de la puerta con mis ojos, fijos en los agujeros y comencé a observar a la amiga de mi madre como se aprestaba a acostarse, enardeciéndome la sangre cada detalle.

Soltó la cabellera negra, quitóse el vestido, luego dejó caer sus enaguas y para desprenderse el corset, fuese ante el espejo del tocador.

A cada uno de sus movimientos, oleadas de sangre subían a mi cabeza y cuando ví que soltaba los tesoros de su seno, que temblaban bajo la fina tela de la camisa cada vez que se inclinaba, tuve que cerrar los ojos temeroso de que se saltaran de las órbitas.

Después la ví trepar al lecho que al crujir me parecía que reía de placer al ser oprimido por aquel cuerpo encantador y en toda la noche no pegué los ojos pensando en mi vecina y recordando detalle por detalle, lo que habia visto a través de la puerta.

En la mañana confié a Santiago, el viejo cochero de la casa —un compadre que siempre se complacía en hacerme malas pasadas— la pasión que me agitaba.

Habiendo oído decir que había remedio para hacerme querer pedíle alguno y él riéndose me dijo:

— Vea... búsquese unas flores de saúco y échelas en la caldera de que ella toma mate... Lo va a buscar después... va a ver!... ¡el saúco es milagrosísimo para el amor!

Y yo inocente, seguí el consejo. A la tarde, después que ella había tomado mate con toda la familia, cebado con la infusión por mí preparada a escondidas de la sirvienta y de la cocinera, la observaba buscando en sus ojos una chispa de amor. Y como no lo viera, preparé para el mate de la noche una nueva dósis.

Acostóse, previa una nueva inspección mía a través de los agujeros de la puerta y sentíla inquieta en su cama.

Varias veces ví que se bajaba y abría la puerta que daba al patio.

— ¡Oh! ¡Ella me ha de buscar!... —me decía temblando de gozo...

Ella me ha de buscar.

Y confiaba en los efectos del saúco sin notar que mi padre mis tíos, mi madre, todos en fín, habían abierto las puertas de sus cuartos a altas horas de la noche.

¡Qué revolución al día siguiente en la casa!

Todos los habitantes mayores de edad andaban enfermos del estómago y yo, sin notarlo, continuaba a la espectativa del primer llamado que me hiciera mi adorada.

Como el hecho no se produjera, al medio día entré a la cocina a echar en la caldera mi yerba milagrosa.

Al ir a hacerlo, fuí sorprendido por la cocinera que inmediatamente fué a avisárselo a mi madre.

— Señora, el niño Francisco echa saúco en las calderas... ¡yo lo he visto con estos ojos que se comerá la tierra! ¡Con razón todos andamos de purga!

Y fuí llevado al escritorio de mi padre donde éste se encerró conmigo. Con gesto severo me comenzó a interrogar, e intimidado le confesé el móvil de mi acción.

Túvome encerrado unas dos horas y cuando me puso en libertad todos los habitantes de la casa me miraban y se reían a mandíbula batiente.

En cuanto a ella, la Diosa de mis pensamientos, al verme no pudo menos que ruborizarse y luego, como todos los demás, estallar en una carcajada y exclamar al ver a mi madre que atravesaba el patio.

— Magdalena!... Ahí tienes tu hijo, el enamorado del purgante.

Y las lágrimas se me saltaron de los ojos.

Cosechaba mi primer desengaño.

ACÚSOME PADRE

Era ella una mujer de la vida alegre, como se decía antiguamente, a una horizontal, como se dice hoy en que afrancesarse es la moda.

Inteligente, instruída lo bastante para llamar la atención, y narradora admirable, se podían pasar momentos agradabilísimos en su compañía.

Yo cultivaba su amistad aún cuando con ciertas reservas, dada mi posición social.

En mis frecuentes conversaciones con ella había notado su gran animadversión hacia los miembros del clero, hacia los pollerudos como los llamaba, y, una noche en que, en la mayor intimidad tomábamos una botella de cerveza en su modesto comedor, le averigüé las causas.

— Vea, me dijo, los aborrezco porque a uno de ellos le debo el no ser una mujer honrada... o mejor dicho, ser lo que soy! Y me refirió, poco más o menos, lo siguiente.

En 1872 tenía yo 13 años y era una pollita de las que ustedes llaman ricotonas ... no es por alabarme.

Mis padres gozaban de una posición no desahogada, pero sí mediana, querían hacer de mi una maestra de escuela y me tenían en un Colegio de Hermanas de Caridad situado en la parroquia de X... en que vivíamos y próximo a mi casa.

Todas las mañanas iba a él a las seis y lo dejaba a las cinco de la tarde, recorriendo sola el corto trayecto y teniendo por costumbre entrar a la venida y a la ida al templo parroquial, que me quedaba de camino a hacer mis oraciones.

Extremadamente religiosa por mi educación, encontraba en mi madre grande estímulo para observar las prácticas piadosas, pues, me hacía confesar casi diariamente ignorando la pobre que con ello cavaba la fosa en que había de sepultar la felicidad de mi vida.

Era mi confesor, el párroco del templo en que siempre oraba ¡un sacerdote extranjero como de treinta años de edad, bastante buen mozo y que dada la frecuencia con que me veía había llegado a tener conmigo cierta confianza.

Con motivo de mi primera comunión me atestiguó su afecto, regalándome varias estampitas iluminadas y un libro de misa lleno de viñetas y con los cantos dorados.

Esos obsequios como lo comprenderá, lo elevaron a grande altura en mi consideración de niña y estrecharon los vínculos de la especie de amistad que nos ligaba, imprimiéndole un sello de intimidad de que antes carecía.

Como prueba de amistosa distinción acabó por no oirme en el confesionario; lo hacía en la sacristía, y en la Secretaría y llegó hasta darme un beso en la frente varias veces, después de terminada la confesión.

Un día de tantos llevóme a la Secretaría y sentándose en el gran sillón forrado de seda punzó que había frente al escritorio, llamóme a su lado y levantándome en alto cuando yo menos lo pensaba, me colocó en sus faldas.

Este proceder me llenó de turbación, pero el respeto que le profesaba no dejó triunfar en mí la idea que tuve de separarme de su lado y buscar un asiento más propio y donde me hallara con más tranquilidad. Me acuerdo que me latía el corazón muy ligero.

Después de arreglarme las ropas descompuestas por el esfuerzo hecho para alzarme, recuerdo que me dijo al mismo tiempo que me daba un beso en la boca sin que pudiera impedirlo:

— ¡Si vieras la sorpresa que te preparó para él próximo domingo!... Te voy a hacer un regalo precioso, a tí que eres la niña más buena, más piadosa y más linda de la parroquia... ¿A qué no adivinas lo que voy a regalarte?

Y su voz temblaba un poco.

— ¡No padre!... le contesté toda ruborizada porque sentí su mano izquierda apoyarse sobre mis rodillas, dulcemente y como al descuido, mientras que con la derecha me retenía en sus faldas.

— ¡Bueno!... ¡Adivina!... piensa en lo que más te guste... Y volvió a besarme, pero esta vez en el cuello.

Permanecí muda, me preocupaba aquella mano izquierda que me acariciaba cada vez con más franqueza y que se había ocultado a mis ojos.

— ¡Pues te voy a regalar un bonito relicario de oro con una reliquia milagrosísima!... Y apretándome al mismo tiempo contra sí, me dió un beso en la oreja que me mareó, mientras que aquella mano que me preocupaba, avanzaba... avanzaba... y me hacía deliciosas cosquillas.

Mi pudor revelándose súbitamente, pudo más que el placer que me causaba la promesa de mi confesor y sus cosquillas que me movían a risa. Repuesta del aturdimiento que me produjo su beso en la oreja y roja de vergüenza, me dejé caer de sus faldas y quise alejarme.

— ¿Qué tienes?... mo preguntó con un aire de inocencia que algo me tranquilizó, reteniéndome no obstante por la cintura, vuelta mi cara hacia él... ¿No te gusta mi regalo... eh?...

Y nuevamente comenzó a hacerme cosquillas aun cuando esta vez con ambas manos.

Yo me eché a reir.

También se rió él y continuó acariciándome.

Luego me pregunto si sus caricias me gustaban, en un momento en que me puse más encendida que nunca, y me dió un prolongado beso en los labios que yo recuerdo que devolví, sin saber ni lo que hacía y sin poder hablar una palabra.

Después volvió a colocarme sobre sus faldas sin que opusiera la menor resistencia una emoción desconocida paralizaba mis miembros.

Mis manos temblaban, y mi corazón lo sentía latir como nunca ¡la sangre me comenzó a subir a la cabeza y noté que mis mejillas ardían y mi boca se secaba al calor de aquel fuego de que era presa.

Lejos de hacerme experimentar cosquillas las caricias de mi confesor, me producían una sensación voluptuosa que apesar de mi turbación me deleitaba.

Largo rato estuvo besándome y yo devolviéndole sus besos; sus manos temblaban tantos como las mías.

De reprente mi boca se unió a la suya ardientemente y casi a mi pesar; algo como una nube pasó sobre mí y creo que me desmayé.

Solo sé que perdí la noción de mi propio ser y que en ese momento dí besos como jamás los he dado.

Me parece innecesario decirle que desde esa tarde me confesé todos los días en la Secretaría, con la puerta cerrada.

A los seis meses de confesión continua abandoné furtivamente esta ciudad acompañada de mi confesor y me dirijí al Brasil de donde pasé a Europa.

Regresé a los nueve años y ya no encontré familia en Buenos Aires; mis pobres viejos habían fallecido!

— Y él, le pregunté, ¿qué se hizo?

— Me abandonó en Marsella... los curas son como todos ustedes... pan para hoy y hambre para mañana!

BAJO EL ALERCE

Aun cuando ya tenga mi medio siglo —altura a que no se muestran los colores en el rostro con mucha facilidad— me ruborizo cada vez que me encuentro con la señora viuda de López: no me abochorna confesar esta debilidad, hija de un recuerdo de mi niñez.

Es uno de esos recuerdos penosos que tiene uno y que no son para borrarlos ni por el tiempo ni por la reflexión.

Para que se vea que no es nada malo, voy a referir mi incidente y juro por las canillas de mi abuelo que no se me podrá acusar de corruptor de las costumbres y que mi cuento lo puede leer cualquier niña soltera, aunque tenga más de treinta primaveras confesadas sin haber oído repiquetear en su oído una de esas declaraciones formales, que son para nuestras mujeres como es el a formar para nuestros soldados.

El incidente se remonta a años...

¡Figúrese que es nada menos qué de la época en que yo todavía fumaba a escondidas de mis padres y tuteaba a los criados para darme importancia!

La señora de López no era entonces lo que es hoy, una criolla gorda —¿por qué no decir la verdad aunque se peque de poco galante?— de gran papada, seria, muy señora, vestida con ropas lujosas y hediendo a perfumes penetrantes.

¡No señor!

Era una morochita de 16 años, dueña de un lunar sobre la boca que atraía los ojos, si estos no estaban ya como clavados en unas mejillas rosadas que tenían no sé qué diablo de encanto que ahora me atrevo a llamar picante, pero que entonces no calificaba.

Y luego que aire tan distinguido, tan elegante el suyo —¡y qué manera de reir tan picarezca... tan calavera!

¡Soy viejo pero todavía se me paran los pelos de punta cuando me acuerdo!

Y yo tampoco era lo que soy ahora: este reumatismo que a veces me pone de mal humor no sabía que existiera; la calva que me deja enfriar los sesos no era aún ni proyecto; y lo que es estas mis barbas canas no alcanzaban aún ni a la modesta forma de pelusa.

Figúrense que solamente tenía doce años, y ya pueden verme como a uno de tantos de la misma edad: largurucho, medio pálido, con una voz entre falsete y contrabajo y con más viento en la cabeza que el que encierra un globito de goma.

Porque eso sí, para enriscado ahí estaba yo.

Las muchachas de la familia decían siempre, que era lo más metido.

Esta, hoy señora de López, que entonces era solamente Ernestina, visitaba con frecuencia a sus hermanas y a mí me cautivaba con sus monerías.

Ella como toda las muchachas —porque así son todas; por tener un mozo aunque sea de palo, como los caballos que suelen desear los bebés, se mueren— alentaba mi simpatía.

Me trataba como a un hombre hecho y derecho; me regalaba flores y no me llamaba Maximito como todas las relaciones de la familia sino que me llamaba Máximo haciendo sonar con la x entre sus dientitos adorados.

Esto me enloquecía; no me dejaba comer y me metía tales ideas de elegancia en la cabeza que me obligaban a querer mudarme camisa todos los días, a andar con los pantalones sin rodilleras, a enojarme con los pilletes que en la calle me trataban como a su igual; en fin, me transtornaban por completo.

Una tarde, no sé si a propósito o por casualidad nos hallamos solos en el jardín, sentados en la pileta de las violetas, bajo el chalet verde formado por el viejo alerce rodeado de trepadoras.

Afuera había un sol ardiente como una llama amorosa de esas que al freir un alma adolescente, la hacen proferir en poesías y versos de todo calibre.

Ella me pidió que le alcanzara un jazmín que crecía a corta distancia y yo fuí a traérselo.

Cuando regresaba, miré al suelo y casi me desmayé al ver mi sombra en él, marchando ante mí con las piernas muy cortas, barrigona, con gran sombrero. — ¿Sí será así?... pensé.

Y por poco me echo a llorar de desesperación imaginando que siendo un sátiro no me querría mi dulcinea.

En ese momento, recuerdo que maldije a mi padre, a mi madre, a mi abuela, a mi abuelo y a todos los que habían colaborado en mi humildísima persona.

Ernestina comprendió mi dolor probablemente, pues cuando le alcancé el jazmín me tomó la cabeza entre sus manos blancas y diminutas y me dió un beso en la boca, diciéndome:

— Mi hijito... ¡tan rico!

Los oídos me zumbaron no podía creer que un Cacaseno como yo mereciera semejante distinción.

Se me saltaron las lágrimas y oculté mi cabeza en el seno de Ernestina, que rodeó mi cuerpo con sus brazos.

Yo no sé como fué, pero el hecho es que mi boca curiosa se aventuró entre los vericultos de su pechera y que yo encontré... No quiero ni acordarme de lo que encontré porque es vergonzoso que un hombre a mis años, sienta todavía lo que siento. El hecho es que Ernestina sumamente sensible me apretaba más y más y su ternura provocaba mi lloro con mayor abundancia.

Lloraba de dicha... —Vea Ud. llorar!... lo que se le ocurre a un muchacho no se le ocurre a nadie.

Ella fastidiada probablemente por mi pasión tan triste —que hay hombres como dice Heine, que tienen triste la alegría y alegre la tristeza— se apartó de repente de mi lado mal humorada, y mirándome con ojos enojados me aplastó con un «mira que sos sonso» que me dejó helado.

Desde entonces no alentó más mi simpatía Ernestina, la amiga de mis hermanas, hoy señora de López, y desde entonces también yo me ruborizo cada vez que la encuentro en mi camino.

EL HIGO PINTÓN

Me había llamado siempre la atención el rubor que cubría las mejillas de mi prima Aurora y de mi hermano Rafael, cada vez que delante de ellos se hablaba de higos o de higueras.

Sin embargo, jamás hubiera atinado con la causa de tal hecho si no hubiese sido por una indiscreción de la cartera de mi hermano, en cuyas hojas encontré, años hacen, la historia siguiente, que me dió la clave del misterio, y que hoy que ambos han bajado al seno de la tierra, agobiados por el peso de los años, no me quiero privar del placer de hacerla conocer por mis lectores.

Criados juntos, Aurora y yo, gozábamos de amplia libertad en nuestra casa y en la de ella, para entregarnos a nuestros juegos infantiles en el jardín, sin tener fijos sobre nosotros los ojos de las madres o de las sirvientas.

Nos habíamos desarrollado en esa intimidad y nuestros padres ni nadie en la familia se había apercibido que ya habíamos pasado el período de la niñez.

Siempre seguíamos siendo los muchachos para ellos y aún para nosotros.

Un día, a esa hora llamada de la siesta en que el sol calcina la tierra obligando hasta a los pájaros a buscar un reposo a la sombra, jugábamos ella y yo bajo la más frondosa higuera del huerto, con toda la alegría inherente a nuestros catorce años bien contados.

Nos entreteníamos inocentemente en contarnos cuentos — repitiendo por la millonésima vez la historia de «Juan Sin Miedo» y del «Loro Encantado» que nos había referido la vieja sirvienta— mientras descortezábamos varillas que bañadas en pega-pega, nos proporcionarían una colección de cantores jilgueros, de barullentos chingolos o de chistadoras tacuaritas.

De repente ella, levantando sus ojos a la copa del árbol que nos cobijaba, y atravesando las verdes y ásperas hojas con su mirada, me dijo:

— Mira, Rafael, mira.., allí hay un higo pintón... ¡es el primero!

— ¡Qué pintón!... ¡Todavía no es tiempo de higos!

— No Rafael... si es pintón!... ¡Yo lo veo! Y me acuerdo que al decir esto sus labios se movían como si saborearan aquella fruta delicada.

Viendo que yo no hacía caso a sus palabras y amenazaba continuar el cuento interrumpido, me dijo:

— Bájamelo... ¿quieres?

— ¡No!... ¡Hay mucho sol!

— Entonces yo lo bajo... ¡pero no te voy a convidar por haragán!

— ¡Qué me importa!

Ella trepó al grueso y mudoso tronco sin que yo me apercibiera y luego que estuvo arriba, me gritó:

— Che... Rafael... fijate si voy bien... derecho al higo!

Levanté la cabeza con desgano y miré para arriba.

No sé lo que pasó por mí ¡lo que recuerdo es que me levanté, tiré la varilla y me acerqué al tronco añoso mirando encantado a mi prima Aurora desde abajo.

Fué en ese instante que noté la expresión picaresca de su carita rosada, coronada por cabellos de oro, finísimos; sus ojos azules que entre las hojas verdes se parecían a las campanillas silvestres que todas las mañanas recogíamos en los alrededores del invernáculo y su cuerpo gracioso en que se comenzaban a dibujarse sus formas, puestas más de relieve por el esfuerzo que hacía para mantenerse asida a las ramas.

Con la boca abierta la admiraba y su voz me sacó de mi admiración.

— ¡Dónde está el higo pues... Sonso!

— ¡Si no sé donde estaba!

— Quedaba arriba de dos gajos gruesos que se cruzan... ¿Pero que diablos miras?... Busca el higo.

Y tras largo rato de buscar, mi prima encontró la fruta que me había proporcionado el placer de verla en todo el esplendor de su belleza.

Era efectivamente un higo pintón.

Cuando bajó del árbol, yo estaba encendido como una grana y no me atrevía a mirarla.
Ella vino hacia mí trayendo su conquista en la mano y sin notar mi turbación la alzó hasta la altura de sus ojos y me dijo:

—¿Ves que era un higo?... Me dan ganas de no convidarte!

Levanté la vista y la miré, de tal manera probablemente, que leyó en mis ojos los sentimientos que me agitaban, ruborizándose hasta el borde de sus orejitas pequeñas y rosadas.

—¿Qué miras?

—Tus ojos... ¡tan lindos!

—¡Pues no!... ¡vamos a comer el higo!

Y nos sentamos en el viejo banco de hierro pintado de verde, donde mi madre, pasada la siesta, venía a coser.

Comenzó a descascarar la pequeña fruta aún no completamente ennegrecida y luego que terminó quiso partirlo con los dedos.

—¡No lo partas!... ¡muérdelo por la mitad!

—¡Oh!— ¿Sabés que es gusto?...

—Bueno, trae yo lo muerdo.

—No, ¡te lo vas a comer todo!

—Es que si lo partes con los dedos me vas a dar el pedazo más chico!
Y la disputa terminó porque yo le arrebatara la codiciada fruta ya pelada.

—Bueno... ahora si quieres higo lo has de comer en mi mano.

—No quiero...

—¡Entonces no comes!

Y concluimos porque yo le pusiera en la boca la parte que le correspondía.

En mi mente había surgido la idea de darle un beso y aproveché la circunstancia para satisfacer mi deseo.

Al ponerle entre los labios el pedazo de fruta codiciada, me incliné sobre ella y abarqué toda su boquita rosada con la mía.

Se rió franca y alegremente y mientras mascaba el higo pintón, me devolvió mi beso.

Desde ese día todas las siestas buscábamos higos pintones, y en vez de contarnos cuentos, pasábamos el tiempo besándonos y comiéndolos en sociedad.

Después, cuando los higos maduraron, llegamos a tener la revelación de algo que mejor hubiera sido no se revelara y para comerlos, nos ocultábamos generalmente ya en el invernáculo a cuyo alrededor crecían las campanillas azules, otras en el banco donde comimos el primer pintón, que aquel año encontró mi graciosa prima Aurora.

Y don Juan—este sujeto es un almacenero italiano con quien tengo alguna relación—le dijo, guiñando los ojos, a la pardita que de la gran casa vecina, va todos los días a la compra y que él ha tiempo festeja, regalándole ticholos y otras golosinas.

—Vea, si quiere que vamos al Escatin esta noche, escápese... yo le doy conque disfrazarse.. ¡Nos vamos a divertir!

Y a la respuesta afirmativa de la invitada, seducida por las dádivas contínuas, esperanzas de otras mayores y promesas de diversiones, siguió un papel de cinco nacionales nuevito y lindo.

Y un mundo de ilusiones envolvió a don Juan, mientras se ocupaba en desgorgojar un cajón de fideos picados.

¡Cómo se divertiría!

Ya le parecía sentir la música espeluznante del baile y verse prendido del talle gentil de la pardita, llorándole en la oreja sus súplicas amorosas.

Después se trasportaba con la imaginación a un pequeño cuarto de cierto café conocido y allí, teniendo a su compañera de baile sentada en las faldas, saboreaba una suculenta buseca o un jubee steack con huevos.

Y atrevido y lujurioso llegaba hasta comer con ella en el mismo plato y con el mismo tenedor, contándole con su mano y sirviéndole los pequeños bocaditos sabrosos que ella hacía desaparecer con tanta gracia entre sus dientes blancos y menudos.

¡Qué imaginación desorejada de almacenero!

¿Quieren creer que llegó hasta besarle las piernas a la pardita?

Pero... cuánta prudencia se necesitaba para que no apercibiera la aventura doña Teresa, su consorte {——} una gran mujer blanca a quien hasta los hombres de galera le decían piropos cuando dejaba su cuartito vecino a la trastienda y salía a la vereda a lucir su cuerpo macizo pero airoso, cubierto por un sencillo vestido de percal.

Y entusiasmado con sus sueños no veía don Juan a su dependiente Palombi — a ese ganso de Palombi, como le llamaba cuando hablaba intimamente de él — que se hacía señas con doña Teresa y le tiraba besos con la punta de los dedos, que esta hacía como que recogía adelantando su labio inferior, grueso, rosado, atrayente.

Por fin llegó la noche y con ella la hora del placer para el calaverón almacenero.

¡Con qué aire de exquisita cortesía preguntó a Palombi si había cerrado bien las puertas del almacén!

¡Cuánta dulzura demostró al ir a avisar a su esposa que iba a estar ausente hasta tarde por tener que hacer en la Lógia a que pertenecía!

¡Y el muy tonto que siempre llamaba imbécil a su dependiente Palombi, salió sin notar la alegría que se pintaba en el rostro de los que quedaban en casa!

Y a la media hora tuvo que regresar a buscar dinero; se había ido sin un peso al baile y no tenía con que pagar ni un chop a su adorada.

Despacio abrió la puerta de la trastienda y paso trás paso penetró a su dormitorio y al de su esposa dirigiéndose a la caja de fierro que dormía en un rincón, casi cubierta por ropas que no se usaban.

Y encendió un fosfóro...

Momentos después acudió la policía atraída por unas voces de auxilio, y al penetrar al patio del almacén se encontró con un espectáculo risible.

Palombi, el largo y escuálido Palombi, sujeto del cuello por la nervuda mano de mi amigo don Juan y no teniendo más vestido que una camiseta de punto que apenas le llegaba a la cintura, recibía la más completa paliza con que puede obsequiarse a un campeador de fruta prohibida, tomado en flagrante delito de mordisco clandestino.

Y la policía quitó a la víctima de entre las uñas de su verdugo.

¡Cómo se quejaba Palombi!

Le debían haber roto una costilla ¡no podía caminar! ¡aquellos dolores lo mataban!

La policía quiso llevarlo al Hospital, pero doña Teresa se opuso formalmente.

—¿No oían, acaso, como se quejaba Palombi? ¿No veían que no podía tenerse en pie?... Por otra parte ella lo cuidaría en su cuarto.

Provisoriamente se trasladó al enfermo a la cama matrimonial de don Juan.

El pobre almacenero, acusado de lesiones corporales graves, fué conducido a la Comisaría.

Y al cerrarse tras él la puerta de su casa, cesaron por completo y como por encantamiento los ayes del vapuleado Palombi que quedaba en el lecho de que el ofendido marido lo había arrancado poco hacía, violentamente.

Como este proceder le escocía, don Juan no pudo menos que decir:

—¡Mire que es salvaje esta policía!... ¡No vé que Palombi se hace el chancho rengo... no más?...

La conoció siendo vigilante.

Por la mañana cuando estaba de facción en la esquina, arrebujado en su grueso capote azulado con botones de nickel, se quedaba extasiado viéndola fregar los vidrios de las grandes puertas que daban al balcón.

Se le hacía agua la boca al mirarle los brazos morenos, gruesos y bien torneados.

Le metía los ojos por la manga del vestido y los paseaba a lo largo de aquel lindo cuerpo, acariciando sus formas exhuberantes.

Francamente, gozaba contemplándola y su gozo se pintaba en su rostro obligándolo a llevar la mano a la empuñadura del machete con un aire bravío.

Ella lo miraba también y se deleitaba, mientras limpiaba los grandes vidrios, pensando en los besos que se ocultaban bajo los gruesos bigotes del enamorado vigilante.

Y por la noche al retirarse a su cuarto oscuro y frío, como generalmente son los destinados a la servidumbre, se complacía en reproducir mentalmente el cuadro que había herido su retina por la mañana y se sentía presa de emociones que al par que la llenaban de contento, le hacían latir con fuerza el corazón, enardeciéndole la sangre.

La fiebre de amor dominaba su cerebro de quince años y luego que se acostaba se dormía gozosa pensando que no era el sueño quien entrecerraba sus ojos, sino el hálito tibio de aquel a quien consagraba las primicias de sus pensamientos íntimos.

Y dormida, delirios de amor la hicieron más de una vez abrazar la almohada en que reclinaba su cabeza.

Una mañana en que estaba franco y recorría las calles sin rumbo, la halló en su camino.

Inmediatamente adoptó su aire marcial, estudiado para las grandes ocasiones y se acercó a ella retorciéndose el bigote con coquetería.

—¡Qué ricura!... le dijo... ¿Y no tiene miedo que la roben?

—No sea sonso... ¡Siga su camino!

—¡Jesús, que mala!... ¡Naide lo diría viendo esos ojos!

—¡Pues no!... Siga su camino y déjeme.

—¡Qué esperanzas!... ¡Primero me desuellan!... ¡Mirá, dejarla aura que la he caturáo! ¿Qué no sabe que uste es la prienda más linda de la sesión?

—¡Bueno... vaya... dejeme!... y feliz con las palabras del galante gallo policial se hacía la que caminaba ligero para escapar a su compañía... ¡Mire que nos va a ver el patrón!

—¡Pero si yo tengo que hablarle de lo que la quiero!... Espereme esta noche en el zaguan... ¿Si?

—¡Qué se ha creído, eh!... ¡Yo no soy de esas!

—¡No se enoje mi negra... si es pá hablar no más!... ¿Me va a esperar?

—Siga su camino...

—¡Vea si había sido mala! ¡Quién lo había de creer viéndola tan rica!... ¿Me va a esperar?

—¡No!

—¡Dígame que no mirándome... ¡Qué me maten sus ojos!... ¿Me va a esperar?

—Ya le he dicho que nos va a ver el patrón... ¡déjeme!

—No... dígame que sí... sino soy capaz de acompañarla no digo hasta su casa... ¡hasta la polecía!

—Bueno... pero...

—¿A qué hora mi negrita?... ¡tan rica!...

—¡Ustedes dicen todos lo mismo!

—Yo no se lo digo no más que a usted... bueno... ¿a qué hora?

—A las seis... no me acompañe... mire que nos va a ver el patrón!

Y desde ese día, todas las tardes a las seis, hora en que los patrones comían, ella y él se encontraban en el zaguán semi-velado por las sombras de la noche que llegaba.

Fué tras la pesada puerta de cedro llena de molduras donde el desfloró sus labios de virgen con el primer beso de amor ¡fué allí donde por primera vez ella sintió, confusa y turbada, una mano de hombre acariciar los tesoros de su seno mientras en su oído vibraban palabras que hacían estremecer su cuerpo y cuya armonía desconocida no sospechaba antes, ni remotamente que existiera!

Fué allí donde sus labios aprendieron a derramar la dicha que la inundaba — tiñéndole de carmín las morenas mejillas aún cubiertas por ese vello de la niñez, que parece nube de inocencia — transformada en raudales de besos tanto más ardientes cuánto mayor era el caudal en que brotaban!

Y fué allí, trás aquella pesada puerta de cedro, donde una noche, enloquecida por el fuego que circulaba en sus venas y sintiendo impotentes sus besos para apagarlo, entregó a su amante el velo de su pureza de virgen; ¡le sacrificó sus rubores de niña inocente!

Y la pobre mujer que con tosco lenguaje me pintaba su primer caída, mientras yo velaba como practicante al lado de su humilde lecho de

Hospital, rompió a llorar y entre sollozos me dijo al darse vuelta hacia la pared:

—Desde entonces no volví a abrazar mi almohada soñando y hoy lloro al recuerdo de lo que tantas veces me deleitó!

Mi primo Santiago se rió con toda franqueza al oir mi pregunta y exclamó con ese tono picarezco que es peculiar al que dice una cosa y quiere que le entiendan otra:

—No fué por raptor que me acusó el viejo mayordomo de tu padre, sino por corruptor de las buenas costumbres.

—¡Bueno!... ¡Pero es lo mismo!

—¡No es lo mismo... ¡cabe un distingo!

—Pero el hecho es que usted la robó a Felipa, la hija del mayordomo y que la sacaron de su cuarto...

—¡No es verdad! A ella la sacaron de mi cuarto pero yo no la había robado... se había venido por sus propios pies. Eso lo confesó ella... Fué por esta causa que el padre me acusó solamente de corruptor.

—Cuénteme entonces como fué.

—¡Bah... bah... pequeño crápula!
—No; si no es por crapulismo... es que quiero aumentar mis cuentos verdes... ¡ya sabe que hago colección!

Y el primo Santiago me refirió lo siguiente con un lujo tal de detalles que me veo obligado a suprimir la mitad para que no se me tache de larguero.

Tu padre me llevó a la gran chacra que tenía en la estancia y me encargó de ella... fué en 18...

Entonces Felipa—tú sabes que mujer fué después la tal Felipa—era una pollita de 13 años que el mayordomo cuidaba más que a sus pesos.

Morenita, gruesa, con una pierna y un cuerpito de aquellos que parecen hechos, nada más, para que se siembren besos; era encantadora la pequeña.

Y aquí mi primo se saboreó y comenzó a buscar los cigarrillos.

Yo le eché el ojo desde la llegada; no podía ser por menos.

Figúrate aquella frutita rica, silvestre, que crecía sin saber para qué, exquisita a que el primer día se la engullera un estómago de patán incapaz de apreciarla en su verdadero valor...

¡Y luego era un rayo la muchacha!

Dejé pasar un tiempo y una tarde le digo al viejo:

—¿Dígame, por qué no le enseña a leer a Felipa en los momentos desocupados? ¿En qué va a pasar el tiempo la pobre cuando sea moza, no teniendo madre, ni nadie que le haga compañía... tan solita?

—¡Ya he pensado!... Pero yo no sé leer Don Santiago y pacerle venir un maestro... usted sabe... eso cuesta!

—¡Pero hombre, amigo, le enseñaré yo... valiente!... No es trabajo...

Y el pobre mayordomo acogió con tres muestras de alegría mi proposición que no pudo menos que exclamar:

—¡Yo cumplo con mi deber de hombre honrado defendiendo la luz de la civilización!... ¡No me agradezca!

Y desde el otro día comenzamos las lecciones bajo la vigilancia del padre que quería asistir a todos los progresos de su hija.

Yo esperaba como el gato, morrongueando, el menor descuido para tender la garra acerada.
Y el hecho aconteció!

A los pocos días el viejo no asistió más a las lecciones que eran dadas a la noche en el vasto comedor, porque se dormía oyendo el a, b, c.

Comprende, primo?... El gato levantó la cabeza y se lamió el hocico con su lengua blancuzca y áspera como una lija.

Y aqui lió su cigarrillo con toda calma, comenzando a buscar los fórforos entre los innumerables bolsillos de su saco, que es de memoria tradicional en la familia.

Una tarde deletreábamos el m, a, ma cuando se me ocurrió acercarla bien a mi para oirle mejor la lectura: estaba un poco sordo.

Le pasé el brazo por la cintura y sin decirle una palabra le atraje hacia mis rodillas con todo disimulo.

Deletreó admirablemente y no pude menos que darle un besito — el primero — en la orejita rosada, en un puntito que hoy encontraría todavía con los ojos cerrados.

—¡Muy bien mi hijita, exclamé, muy bien!

Y la levanté en alto sentándola sobre mi pierna izquierda en demostración de mi admiración por su inteligencia y en premio de su sabiduría.

Levantó la pobrecita sus ojos negros hasta mi rostro y viéndome tranquilo y corriente, no trató de bajarse, sino que, haciendo un gestito coqueto aún cuando estaba muy colorada, se estiró bien su vestidito azul de lanilla que había dejado en descubierto una rodilla gorda, carnuda que daba ganas de comerla y luego con unos ojitos...

Mi primo encontró su caja de fósforos y la hizo sonar para cerciorarle de que no estaba vacia.

¿Qué más te diré? Desde ese día ya no le enseñé sino teniéndola en mis faldas y así fué como aprendió a irse a mi cuarto... sin que yo la llevara.

Aquí mi primo sacó un fósforo y me dijo:

—No cabía más acusación que la de corrupción...

—Bueno, ¿pero le enseñó a leer, primo?

Encendió su cigarrillo y envuelta en la primera humada lanzó la frase siguiente:
—¡Ya lo creo!... Cuando la pillaron en mi cuarto hacía tiempo que leía de corrido y con mucha corrección... siempre me felicité de haber sido su maestro, pues tu sabes lo afecta que fué siempre Felipa, a la lectur

LOS LUNARES DE MI PRIMA

La historia de los únicos amores serios que he tenido, es algo que siempre he deseado contar y que hasta hoy no lo he hecho esperando que abandonara la tierra, aquella que debió ser mi compañera.

Hoy que eso ha sucedido, quiero confiar al papel lo que solo durante tantos años ha guardado mi memoria.

Nunca me acuerdo de la época en que hube de casarme con mi linda prima Margarita, sin que se erice el cabello.

Si no hubiera sido la indiscreción de Pedro, el gallego sirviente que desde hacía tres años tenía mi tío Cipriano, indudablemente yo sería a la fecha un honrado padre de familia y no un solteron calavera que pasea continuamente del brazo con el fastidio.
Sin embargo, le agradezco al pobre gallego el servicio que me hizo, impidiéndome que con el tiempo llegara a ser uno de esos que llevan lo que todos ven menos ellos.

Al cumplir los veinte y cuatro años y recibir mi título de escribano, me encontré solo en el mundo; sentí la nostalgia del hogar; quise hacerme una familia, hablando claro.

Entonces me fijé en mi prima Margarita, cuyo padre había sido tan bueno para mí.

Noté que era una real moza y me expliqué recién la causa porque me daba rabia cuando sabía que alguno la festejaba o le hacía monerías que yo siempre encontraba estúpidas.

Era una morochita rosada, dueña de unos ojos negros, pestañudos y más llenos de promesas que boca de un candidato presidencial, y de un cuerpo, un aire, un modo de caminar y un lunar sobre la boca, un poco a la izquierda de la nariz, que eran verdaderamente enloquecedores.

¡Y luego aquel pelito corto que usaba y le daba un aire tan calavera!

Traté de entenderme con ella y a poco andar lo conseguí, máxime cuando mi pobre tío Cipriano hacía tiempo que me tenía echado el ojo para yerno.

Obtenido el consentimiento de los tíos de hacer de su hija mi compañera y previo el beneplácito de ésta que, entre paréntesis, lo concedió no bien lo solicité, me entregué con todo ardor a ser un perfecto novio.

La madrugada ya me encontraba vestido para asistir a la misma misa que ella, un pretexto como otro cualquiera que teníamos, para asestarnos miradas matadoras en las cuales creíamos envolver poemas de amor sublime.

Más tarde venía el almuerzo en su casa, al cual era infaltable, y en el que siempre tenía la suerte de quedar sentado al lado de mi prima Margarita y enfrente a su lunar, a aquel pequeño puntito, negro que daba a su fisonomía un aire tan picarezco.

Luego un pretexto u otro, me llevaba a su casa cada media hora ¡había llegado a ser para mi una especie de necesidad verla lo menos cincuenta veces por día.

¡Oh! no nos cansábamos de hablar con los ojos yo y mi linda prima Margarita!

Un nido de amor comencé a arreglarme, donde no se colocaba un solo objeto, sin que la que debía habitarlo conmigo pusiera su visto bueno.

Queríamos que nuestra casita fuera así pequeño edén que no tuviera igual en la tierra.

¡Y cómo nos deleitábamos, en las horas que pasábamos juntos, pensando en los placeres que nos esperaban!

Egoistas con nuestro cariño, vivíamos sólo el uno para el otro en nuestro paraíso, no teniendo ella más Dios que yo, ni yo más Dios que ella!

Acercándose el día feliz de nuestra unión, algunas plantas de mérito que debían colocarse en el jardín, sólo faltaban para que el pequeño nido estuviera terminado.

Y yo, acompañado del gallego Pedro, determiné ir a buscarlas a la quinta que el tío poseía en Morón.

Yendo en el tren con el antiguo servidor de mi futura y para hacer menos pesado el viaje emprendí conversación con él.

Se deshizo en pinturar sobre las bondades de ella, su inteligencia, su gracia y su belleza.

—Qué lindo lunar el que tiene en la cara, le dije entusiasmado.

—Ese nu es nada, me contestó, si viera los otros.

—¿Cuáles otros?... le repliqué alarmado por los conocimientos que demostraba tener.

—¡Pues!... lus que tiene en lus muslitus y en otras partes que yu me sé... Esus si que valen!

E hizo aquel salvaje una mueca con pretenciones ridículas de guiñada.

Inútil me parece decir que no traje plantas de la quinta de mi tío Cipriano y que en mi visita de la noche tuve tal pelotera con mi bella prima Margarita, que nuestro compromiso quedó roto para siempre, comenzando yo al otro día a deshacer el pequeño nido casi terminado.

En cuanto al pobre viejo, que permaneció ignorante de los acontecimientos de Pedro, decía siempre que hablaba de mí:

—Es un loco de remate... un tarambano que morirá como un perro.

ENTRE MI TÍA Y YO

Fué un secreto que siempre quedó entre yo y mi tía Candelaria, la razón que esta tenía para decir con una sonrisa de aquellas que eran de su exclusiva propiedad, cada vez que mis padres hablaban de la carrera a que me dedicarían.

—Háganlo estudiar para cura... ¡tiene condiciones!

¡Cuánto tormento, cuánto rato amargo me hizo pasar esta frase que con toda dureza me reprochaba una mala acción!

Hoy, que tanto me separa de entonces, no me es desagradable referir la triste aventura que influyó más a que yo me ordenara y que muchas veces me hizo renegar hasta de la vida, siendo generadora de aquel dicho burlesco que a mí me encendía la sangre.

No se porqué, pero el hecho es que cuando yo tenía diez años nada había que me distrajera más que mirar a mi tía Candelaria.

Tenía doble edad que yo y era una muchacha alta, gruesa, bien formada y llena toda ella de una gracia especial.

Me recuerdo que los hombres en la calle no podían mirarla sin chuparse los labios.

A mí me causaba delicia ver los pelitos rubios, encrespaditos, que tenía tras de la oreja, sus labios rojos, sus dientes blancos como su rostro y, sobre todo su pechera, su hermosa pechera en la cual me gustaba tanto recostarme, probablemente debido a los perfumes de que la saturaba y que yo aspiraba con fruición.

Confundiendo ella su placer con el cariño, buscaba siempre ocasión de acariciarme y yo no perdía medio de conquistarme sus caricias, sus caricias que me hacían venir ganas de estirarme como los gatos cuando se les rasca la barriga.

Un día a esa ardiente hora de la siesta, en que es quemante hasta la luz, se encerró conmigo en el comedor con el objeto de que no anduviera al sol mientras mis padres dormían. La inacción hizo que el sueño me venciera y recordándome de repente, encontréla recostada en el gran sillón de mi madre, con toda la ropa desprendida y durmiendo a pierna suelta.

No bien abrí los ojos no sé que espíritu maléfico acarició mi mente, pero el hecho es que se apoderó de mi la idea de ver desnuda su pechera.

Y despacio, despacito, me acerqué a ella, y por sobre su hombro quise mirar los encantos que las ropas revelaban.

No consiguiéndolo me arrodillé a su lado y con toda precaución aparté los lazos de su vestido desabrochado; luego con mayor cuidado aún, comencé a entreabrir su camisa espiando con mirada ardiente por entre las rendijas y teniendo cada vez ideas más malignas a medida que adelantaba en mis investigaciones.

Mis manos temblorosas le producían probablemente cosquilleo voluptuoso, porque noté que la tela se inflaba de repente a impulsos de una fuerza interior de que no me daba cuenta y que ella dando un gran suspiro se reclinaba hacia el lado derecho.

Su movimiento dejó de descubierto lo que tanto ansiaba ver; dos montoncitos de carne carne blanca, tersa y satinada, coronados con una mancha roja semejante a una hoja de rosa.

Ignoro como fué pero el hecho es que no atiné ya a guardar reservas y que le dí un beso en aquel surco blanco que separaba aquellas hinchazones que me atraían; después... después, lamenté no tener dos bocas para acercarlas a un tiempo a las hojas de rosa!

El furor de mis besos la despertaron, después de dar un gran suspiro y dejar caer sus blancos, mórbidos y torneados brazos a lo largo de su cuerpo.

Aún recuerdo la expresión de asombro con que me miró y la vergüenza que me produjo esa mirada obligándome a taparme la cara con las manos.

—Picaro... zafado... exclamó mientras reparaba el desorden introducido por mí en sus ropas... luego verás con tu padre!

Me eché a llorar desconsoladamente y ella sin piedad se levantó, abrió la puerta y me hizo salir afuera dándome un suave pellizco en el pescuezo.

Llegó la noche y la tía Candelaria no le contó a mi padre lo sucedido y pasó el otro día y tampoco lo hizo, pero jamás volvió a acariciarme ni yo a buscar sus caricias.

Sin embargo, cuando me encontraba en su presencia me hallaba violento y temía siempre una revelación de sus labios!

Esta aventura fué el secreto que siempre guardamos y la hacía decir a mi tía Candelaria cuando mis padres hablaban de darme una carrera.

—Háganlo estudiar para cura... ¡tiene condiciones!